KB116223

루시아 편지

루시아 편지

—

초판 1쇄   2015년 11월 12일
지은이   김성락
펴낸이   김영재
펴낸곳   책만드는집

—

주소   서울 마포구 양화로3길 99 4층 (04022)
전화   3142−1585·6
팩스   336−8908
전자우편   chaekjip@naver.com
출판등록   1994년 1월 13일 제10−927호

—

ISBN   978−89−7944−552−7 (04810)
ISBN   978−89−7944−354−7 (세트)

책 만 드 는 집　시 인 선 0 7 5

루시아 편지

김성락 시집

책만드는집

시조는 고대시가에서 유래되었다고 합니다.

인류가 집단생활을 하면서 즐거운 일이나 슬픈 일이 있으면 같이 노래 부르고 춤추면서 흥겨워하기도 했고 서로 달래기도 하였습니다. 그러나 단순한 가무에만 그치는 것이 아니고 숭고한 협동 정신이 그 속에 담겨 있었다고 봅니다.

틈틈이 시조를 쓰면서 시가의 본뜻을 살펴, 읽고 싶고, 흥미 있는 시가 되도록 노력했습니다. 또한 깊은 철학을 담아 삶의 보람을 찾는 데 조금이나마 도움이 되기를 바라는 간절한 마음에서 최선을 다했습니다.

시의 특성이 과학적인 언어인 진술이 아니고 내연적인 의미를 내포하고 있으므로 독자들이 이해하기에 다소 어려울 것을 감안하여 함축적인 말은 최소화하였습니다. 하지만 바라는 바에 턱없이 미치지 못한다는 점 미리 고백합니다.

　하늘에서 활짝 웃으며 이 시조집 출판을 기뻐할 그이를 마음으로 보고 고개 숙입니다.

　부족한 처녀 작품을 선보입니다.
　지도해주시고 격려해주신 분들께 감사드립니다.

－2015년 가을
김성락 후고

| 차례 |

1부   그대 하늘에

2부 대장간의 봄

3부 만주 밤하늘 아래

4부   씀바귀 몸값

5부 더러는 앉은뱅이꽃이

1부

그대 하늘에

오늘이라는 선물

한밤 지나 누가 몰래

귀한 선물 두고 가네!

첫눈 뜨자 갓 난 새벽

고름 풀고 날 반긴다

내일도

오늘이라는

숨 쉴 하루 이어질까?

루시아의 짧은 지구 여행

발길 따라 나선 이가 자기 여정 셈 못한다
하느님 섬긴 환희歡喜 칠십칠 수 꼭 채웠네!
툭 터진 당신의 큰 가슴 나를 키운 태양이다

하늘 문 열렸는데 그대 샛별 더욱 빛나
기어코 되돌아갈 밝고 환한 안식의 길
뽀얀 발 사뿐 내딛고 차마 말을 아껴둔다

살며 쌓인 모진 앙금 버거운 짐이던가?
지나온 시간만큼 그 매듭은 촘촘한데
둘만의 연분을 엮어, 아! 우리는 연리지

그대 하늘에

몰래 훔친 눈물 흘러 오대양 물결 됐나
심장 멎는 고통만큼 그대 떠난 아픔일까
이제껏 이어온 날이 당신 그늘 밑이었네

마지막 숨 내쉬고 미소 지은 다문 입술
잡은 내 손 슬몃 놓고 하느님 손 고이 잡는
나 또한 뒤따르려다 황홀한 길 감히 못 가

생시 모습 보고파서 뒤척이다 잠이 든다
깊은 밤 홀로 떠나 당신 별 서둘러 찾고
세 송이 우리 집 뜰에 핀, 그 꽃 애기 밤새 한다

루시아가 보낸 편지

하도 맑은 가을 하늘 그대 모습 보이리라
눈 비벼 크게 뜨고 한나절 내내 살펴봤네!
높은 곳
아른대는 당신
수줍은 낮달인 듯

저 하늘 반쪽 찢어 힘주어 눌러쓴 글
바람이 품에 안고 휘휘 둘러 날 찾다가
내 모습
굽어보고는
슬쩍 놓고 갈 길 뜬다

편지에 담긴 묵언黙言 숨이 돌아 출렁이고
생전 참고 묻어둔 말 이제야 고개 들어
어느 날
같이 웃자고
나직나직 속삭인다

당신은 늘 그분 곁에

별난 총각 숨겨두고 시침 떼는 안방마님
짬 내어 핑계 대고 살짝 몰래 데이트도
그대 뜻 너무 높이 있어 감히 나는 닿지 못해

밤마다 마주 앉아 가슴 열어 속삭인다
서로 녹아 새로 된 몸 황홀해서 탄복했지
둘 모두 거듭난 모습 성인인 양 여기 있네!

이승 땅 끝 넘는 당신 나보다 그이 찾아
지극 합장하는 손길 잡아주는 누구 있나
내노라 나타난 분은 예수라 귀띔한다

그대는 단막극 주연

음산한 무대 저편 까마귀 슬피 운다
게다*에 밟힌 세간 헝클린 채 나뒹굴고
섬 도둑 거센 날벼락에 식구 모두 넋을 잃네

2막 열자 포연 속에 따발총성** 가슴 죈다
난을 피해 어둔 밤길 헤매봐야 막막한 곳
돋아난 봄꽃망울 소녀 허기져 휘청댄다

막 내릴 황혼 무렵 주연 귀밑 눈발 날려
맡은 배역 다해놓고 다음 연출 조연에게
담담히 물려준 빈 몸, 하늘 새집 찾아간다

* 일본 나막신.
** 북한군 개인 소총.

하늘 가는 환승역

멈췄다 오가는 차 내리고 타는 환승 길손

떠나는 이 올 기약 없어 보내놓고 가슴 멘다

기어코 못 오는 당신

꼭 가야 만나는가?

몸 기대고 살던 이곳 혼 하나만 가버리네!

돌아서는 뒷모습이 아직도 생생한 것을

천상이 너무나 좋아

아직도 날 기다리나

길손

줄 이어 지나가는 길손이 탄 비행 열차
솜구름 등을 타고 지구 돌아 은하계로
가는 곳
천공天公의 나라
도착할 역 어디인가?

멍에 같은 굴레 벗고 나비인 듯 날아가네!
천만리 저쪽 멀리 하느님 사시는데
이제야
훤히 트인다,
걸림 없고 아픔 없이

기도하는 손 닳도록 새벽 틈타 지은 별채
살며시 발길 재촉 홀로 먼저 꽃길 열고
이따금
뒤돌아서서
쌩긋 윙크하고 가요

루시아 장미 되어

몰아치는 찬 바람에 꽃들 모두 제집 갔네!
둘이 걷던 오솔길 옆 붉은 장미 홀로 섰다
또 만날 기약 하고파 다소곳이 기다리나

비마저 짓궂게 내린 가을밤 지새운 몸
먼 길 채비 바쁜 속내 서둘러 꾹 삼키고
불러준 내 이름일랑 잊지 마라 여운 남긴다

늘 있는 많은 시간 끝 있는 줄 왜 몰랐지
그대와 날 갈라놓은 방해꾼 공간 거기 있어
오는 듯 돌아서는 길, 너무 짧은 하루살이

아버지 야위신 모습

씨름판
함성 속에
장사 되신 울 아버지,

한밤 문득
집에 오셔
홍등 주막 가자 하신다

이놈을,
그냥 둬 하신 모습
어느새 야위셨네!

아버님 산소

가을바람 스산하게
아버님 방 문턱 넘고
느슨한 소맷자락
파고들어 휘젓는다
세파에
쇠하신 몸이
오싹함을 견디실까?

앞섶으로 감싸 안고
더운 체온 건네주신
그 품 찾아 내친걸음
잠 깨실까 멈춰 서고
먼 하늘
푸른 광목 위
실눈 웃음 담아 온다

어머니의 추석

서산 넘는 팔순의 해 앞마당에 어스름 펴면
어머닌 대문에 기대 역 쪽 길 눈에 담는다
늘 내가 땅거미 안고 오가는 그곳이다

기다림 계산 못해 짧다 길다 애태우며
때로는 떠오른 달 속삭이는 친구 되어
행여나 기적 놓칠까 한눈도 팔지 않고

또 오는 귀찮은 명절 하필이면 내일인가
별빛 살짝 흘러내린 추석 전날 초저녁쯤
빈손 든 초라한 모습 어둠이 감싸준다

흑장미 묵주

—선종한 장 수녀

수녀복 가지런히 주름 접어 드리우고
보일까, 감춘 얼굴 가끔 몰래 드러내고
다 비워 간추린 몸을 닦고 닦아 거울 같다

합장한 두 손끝은 살며 엉킨 아픈 매듭
떡잎 같은 힐데갈드* 나이테 새겨놓고
골고타** 피로 물들인 양, 앞섶에 묻고 산다

머문 동안 남긴 흔적 문패 위에 새겨 있네!
떠나며 이어간 길 하도 멀어 소식 없고
내게 준 나무 묵주만 "나, 장미야" 일러준다

* 가톨릭 세례명.
** 예수님이 십자가에 못 박혀 돌아가신 예루살렘에 있는 지명.

길 떠나는 수녀

고해성사 다 마치고 둥둥 뜬 뭉게구름
반짝이는 그 눈동자 부시어 볼 수 없네!
잔잔한 가슴 깊은 곳, 텅 비어 고요하다

응달져 멍든 몸을 자기 품에 감싸 안고
차곡차곡 쌓인 죄짐 영글면서 녹는 시간
목련꽃 솜사탕 옷 입고 지금 막 벙글고 있다

뒤돌아 가는 길에 세월이 앞장서 간다
성소에 남긴 발자국 거두어 갈 수 없어
애잔함 어쩌지 못해 품속에 꼭 묻는다

시나이 산

바람도 헐떡헐떡 쉬어 넘는 가파른 곳
그이가 오신 땅이 어쩌다 여기일까
기진해 시든 들풀도 햇볕 겨워 열병 앓고

이·저승 넘나들며 시나이 산 엿보고서
먼 길 갈 이 입술 말라 갈증 달랠 물을 찾고
이따금 백성 살릴 자리, 어디인지 물어본다

산마루 지킨 경당 세월의 때 스며 있다
능청스레 누운 홍해 실눈으로 인사하며
지난 일 숨겨둔 채로 남실남실 굽이치네

2부

대장간의 봄

진창과 황천 1

걷다 그만 지친 해가 걸터앉은 서산 허리
윙크로 나를 불러 자기 옆에 세워놓고
떠나면 멀고 먼 길이 어디인지 일러준다

내 앞에 넓은 바다 수줍어해 교태롭다
금은빛 색감 풀어 수면은 반짝이고
흑 한 점 자맥질하며 구원의 손 불러댄다

수평선 위는 진창, 그 아래는 황천인데
가다 만난 두 갈림길 앞에 두고 망설인다
서둘러 백발 학인이 이리 가라 손짓한다

진창과 황천 2

시간의 짐 등에 지고 사십 계단 오른 여인
가다가 또 이어지는 고갯마루 숨이 찬데
맥없이 떨리는 다리 어디에 의지할까

오르막 끝이 없어 쉬운 길 내려 보다
훌쩍 뛰어 빠져든 물, 거기에 쉼 있을까
어차피 택한 곳인걸 다 버린 맘 달랜다

밝은 햇살 양달 찾는 몸부림 다급하다
물에 던져 정신 잃고 절여진 배추인 듯
그 눈빛 희미한 초점 아직도 이승으로

진창과 황천 3

슬몃 온 아침 햇살 귓속말로 날 깨운다
창문 위 낯선 흰 새 인사말에 목이 메네
어제도 다녀갔는데 오늘 다시 마주한다

담 안뜰 분홍 편지 물어 와 몰래 두고
남겨둔 그림자를 새겨보라 귀띔한다
지친 몸 잠시 들렀다 못 오는 길 가는 걸까

날개깃 젖어 떨며 눈물 맺혀 흐릿한 눈
곱게 빗질 단장하고, 머리 꾸뻑 절을 하고
높푸른 하늘 한 곳을 솟구쳐 날아가네!

진창과 황천 4

이른 아침 웬 바람이
창문을 노크한다
그 소리 귀에 익어
가슴 열고 엿듣는다
여명을 황급히 밟고 지금 막 왔다는데,

그리도 섧게 울던
진창을 뜨려 한다
꼭 할 말 잊은 그가
내 곁에 와 서성이다
굿바이 마지막 인사, 차마 맺지 못하고

거문도 고양이 1

놀다 쉬다 길게 누운 양지쪽은 놀이터다
어물전서 배 채운 뒤 박 씨 집서 입가심하고
어둑한 시장 창고는 살맛 나는 안방이다

버릴 것 못 버리고, 너무 많아 눈 흐리고,
고기 몇 점 챙기려다 그만 전부 잃었다네
포로 된 음흉한 몰골 영락없는 욕심쟁이

해풍 따라 춤을 추는 파도 너울 띠 두른 섬
얌체족 밤손님에 소란스런 거문도다
나 이제 살판이 났네, 서생원을 잡으란다

거문도 고양이 2

평생 천직 쥐잡이가 태반은 밤일이다
달이 떠 손길 돕다 외면하는 그믐달도
길목을 숨어 지키면 일당은 매양 한다

하는 일 푼수없어 낮잠을 청하다가
밥 먹는 큰 몫이라 때 놓칠라 눈치 본다
내 몸값 누구가 줄까? 거문도만 아는 듯,

해 돋아 밝은 날에 나 훨훨 짐을 벗고
멀리 뵈는 넓은 뭍에 편히 쉴 곳 있을는지
몰랐네! 지쳐 굽은 등에 돌 던질 모진 이들……

남녘에 보낸 SOS 1

연방 쏟아진 장맛비
두만강 물속 깊다
건너편 강둑 신기루
허기만 부채질하고
어둔 밤
별자리 따라 소리 죽여 포복한다

수색견 쫓아오면
숨죽이다 기절하고
목숨도 헌신짝처럼
팽개친 움츠린 몸,
남녘 땅
구원의 끈을 내려달라 SOS

남녘에 보낸 SOS 2

칠흑의 밤 중국 옌볜

숨어든 몸 어디 널까

쥐구멍 찾아 헤매다

끌고 온 다리만 지쳐

꼭

조

인

굴레를 벗고

날게 해줘 SOS

남녘에 보낸 SOS 3

양인 듯 흰 털 속에 뱀의 독 숨긴 중화
여기 와 주운 이삭 살아 있는 그것뿐이다
먼 양지 앙금으로 남고
오늘도 해는 저문다

운신 못 할 막장이다, 적막만 시간을 잇네!
막힌 길 뚫지 못해 버티다 녹슨 내 몸
이마저 노리는 흉노
깊은 그곳 비밀까지

대장간과 봄
- 국회는 개점휴업

봄 오는 발걸음 소리
살며시 엿듣는다
밭이랑 갈라놓고
아른거린 아지랑이

녹이 슨

곡괭이 호미
홀대했다 챙겨보네!

대장간 열어놨는데
풀무는 숨을 멎고
제 밥그릇 챙기다가
시우쇠 식어간다

씨앗을

심을 땐 오고,
대장장인 뒷짐 지고,

양양 가는 안개 낀 길

참새 떼 강샘하듯 봄 아침 햇살 쪼고
누군가 지친 등을 가볍게 다독이듯
안갯속
양양 가는 길
꽃 편지가 내려앉네!

간밤 내내 잠든 바다 눈 비벼 단잠 깬다
꿈틀꿈틀 물너울이 뭍 끝에서 몸을 풀고
이제는
발품도 더디게
쉬어 가라 일러준다

환향녀

화냥년,

슬퍼하는 화냥년,

통곡하네

돌담 밑 몸 숨기고,

쓰라림 복받치나

죄 없다, 네 이름 바꿔

환향녀라 부르마

옥당고을 영광靈光

불갑산 꽃무릇이 길손 불러 발목 잡네!
바람마저 쉬 못 가고 옷깃 젖어 머뭇머뭇
영광 땅 휘둘러보며 마라난타* 불러본다

곱살한 네모진 몸 하늘만을 꿈꾸고서
이른 햇살 반겨 맞아 스킨십 해대다가
비지땀 천일염 되어 비린 세상 절인다

칠산 바다 그리 좋아 소곤대며 밤새우다
곡우사리 들명날명 살이 오른 영광 굴비
그 맛깔 혀끝에 고여 밥 한 상을 훔쳐낸다

* 백제에 처음으로 불교를 전한 인도의 승려.

혹독하게 추운 그날

기다리던 하세월에 오늘에야 소식 온다
맵짠 추위 엄한 기세 혼자 그리 견디는데
누구도 가지 않는 곳에 갈 길마저 얼어 있다

쌓인 먼지 툭툭 털어 투명한 모습인 걸
찾는 이 영 없을까 졸인 가슴 달래면서
두 다리 호되게 재촉, 그 품 안에 폭 안긴다

꼬인 세상 못마땅해 손 젓는 키 큰 나무
먼 북녘 그곳에는 별들만 모여 사나
가시관 눌러쓴 사내 슬몃 가서 소곤댄다

화전민의 저녁

겨울 밤길 높바람에 귓불은 꽁꽁 얼고
내리는 눈 어깨에 쌓여 등짐인 듯 무거운데
왜 그리 멀기만 한가, 가야 할 내 쉴 곳이

산자락 외딴 농가 앞뜰에 장독 몇 개
화전 일궈 살림 차릴 새봄은 또 오리라
창문에 비치는 불빛 세상 어둠 밝힐 건가

저녁 밥상 식기마다 고봉밥이 담겨 있고
둘러앉은 식구들은 종자 씨 챙길 얘기
온 집 안 가득한 훈기 잔설마저 녹여낸다

가위, 혹은 바늘

두 손 포개 합장하고 할 일 찾는 그런 나날
해진 앞섶 오려내어 덧댈 새 천 옆에 놓고
바느질 밤새워 해도
만신창 옷 깁지 못해,

손찌검도 발길질도 냉큼 끊을 가위 없네!
물고 엉킨 꽃게인 듯 공짜 구경 가관이다
한바탕 광란의 바람*
긴 꼬리를 물고 있다

* 2000년대를 전후하여 정권 장악을 위한 집단 폭력 행위가 자주 있었다.

3부

만주 밤하늘 아래

만주 밤하늘 아래
– 심산 김창숙* 선생과 며느리

외짝 된 새댁 가슴 불 사윈 지 벌써 오래
재가 될 것 더 있는가 흰 연기 아직 핀다
상한 속 다 앗아 갔는데 타는 것 무엇일까?

밀서 품은 앞섶 여미고 만주 밤길 숨어들고
눈물겨운 잃은 그 땅 찾을 갈증 뼈를 녹여
고로스**! 일본 형사 말에 여인은 몸을 떤다

며느리 에는 속내 먼저 안 시아버지
담뱃불 심부름 시켜 가르친 담배 맛을……
그 할매 지난 일 잊고 니코틴만 그 속 알아

* 일제강점기에 독립운동을 하다 일본 경찰의 전기 고문을 받고 다리 불구
  로 서거하여 사회장으로 수유리에 안장되었다. 아들마저 만주에서 독립
  운동을 하다 죽고 청상과부 며느리를 만주에 밀사로 보냈다.
** 일본말로 '죽인다'라는 뜻.

비 오는 날의 수유리
– 김창숙 선생 49주기에

늦은 봄비 오더니만 묘지의 먼지를 씻고
떡갈나무 이파리에 줄줄이 쓴 빗물 편지
깊게 팬 쓰라린 상처 굽이굽이 새겨놓다

당신 소식 몇 번인데 찾아온 건 처음이다
고문에 꺾인 다리 걸음마저 빼앗긴 채
기어코 아픔을 삼킨 주검만이 아득한지

아직도 심장 뛰며 눈빛은 샛별인 것을
묏등에 파릇파릇 생시 모습 서려 있다
이맘때 흰옷 입은 들꽃, 그대인 듯 피었네

그날 그 일송정

오랜 세월 곤혹 견딘 속 깊은 큰 소나무
비암산* 높은 봉을 고집스레 홀로 지켜
찬 바람 온몸 저며도 왜 그리 말이 없나

해란강** 깊은 속을 누가 알까 슬쩍 눈길
서러운 눈물 모여 강이 된 아픔 싣고
만주벌 배로 누비며 끓는 속을 다독인다

발길 멈춘 용정에서 선구자 귀엣말을
아는 것이 병이 될까 먼 남녘 보는 정자亭子
가야 할 조상 땅 새겨 후손에게 전한다

* 중국 길림성 연변조선족자치주 용정에 있는 산. 이 산에 일송정이 있다.
** 용정 중앙을 흘러 두만강에 합류하는 지류.

이름 없는 묘비

국방색 이름표에 부풀어 오른 가슴
이글거린 눈빛 속에 하늘도 기우뚱해
기어코 붉은 정열로 오직 하나 목숨만을……

뜨거운 몸뚱어리 그때 그 땅 지키려다
모든 것 다 버리고 먼 나라로 회귀했다
슬프다, 이름 없는 묘비 삼십 년 외톨이로

땅속 깊게 스며 있는 선대先代의 맥을 찾아
네 심장에 이어받은 그 숨결 한몸 되어
비바람 모진 세월을 하루같이 견디며

김수영! 이제야 그대 불러 소리쳐 본다
흰 구름, 푸른 강물 그도 함께 머물라고
낙동강 격전지 강둑에 풀빛 옷 입혀주리

박격포 사격장

농가 한 채 한가롭다, 산자락 밭이랑 옆
갓 자란 나무숲에 곧게 뻗은 가르마 길
할매와 손녀가 다닌 둘만의 외길인가?

산 중턱 곰솔밭에 찢기고 덧난 상처
앓는 몸 치료 못 해 흉터만 굳어 있다
짓궂게 날아온 포탄 또 터져 파인 채로,

흩어진 놋쇠 파편 주워 오면 돈 된다며
농사보다 고물 수집 재미 붙인 그 집 아들
어느 날 화약 연기 따라 하늘 저쪽 날아가고,

비 오는 날 백년설 동상

앞자락에 흐르는 빗물 가슴 앓는 진물인가,
숨 쉬는 듯 생시 모습 쓰린 과거 간직한 채
할 말을 죄다 삼키고 설 땅 잃은 아픔 참고

바라보는 초점 먼 곳 낯선 들판 줄을 이어
그 체온이 데워놓은 포근한 집 찾는 시선
식구들 밤참 먹던 겨울 마중 나와 기다린다

구름 낮은 궂은 날씨 바람 쌩쌩 불어온다
서리 맞고 움츠린 몸 옷깃 세워 목을 묻고
그 홀로 부르는 노래 '나그네 설움' 구성지다

명성황후

청명 하늘 눈 감았나
안 본 채 그냥 됐나
찢어진 살점마다
넋은 아직 소름 친다
우리 곁
늘 머물다가
참다못해 해진 가슴

섬 도둑 생쥐새끼
조장의 날 모르는가?
내 기어코 돌산에서
독수리 잔치하리
저 멀리
연꽃 문 해가
고개 꾸벅 약속한다

광화문 복주머니
−박 대통령 취임 날

그날 그 복주머니 입들 가득 모여 있다
저마다 외친 속내 듣는 이 애태우네!
북한산 밝은 귀 열어 새겨서 다 챙긴다

앞에 놓인 천길 절벽 운신 못 할 외길인데
꽃 피워 곱게 단장 훨훨 높이 날고 싶다
죽지를 퍼덕이다가 창공 슬몃 쳐다본다

새날 훔칠 도둑 쫓다 닭 울어 새벽인 걸
간간이 보신각종 내 맥박에 힘 보탠다
지난밤 밀어낸 자리 금빛 햇살 성큼 올까?

희한한 사형장

－사도세자의 죽음

세 치 혀 날 선 칼날 날름날름 잽 날린다
땅딸막한 작은 키는 상대방을 그로기로
요것이 잡귀의 후손 도깨비 연출이다

꾀어서 모은 배역 신이 나는 엑스트라
부자간 요술 한판 막 오르자 술렁대네!
조연은 갈 곳을 잃고 뒤주로 내몰린다

끊어질 듯 이어지는 뛰는 맥박 끝자락에
무대 앞 앉은 아낙 비극에 몸부림친다
하늘도 서러워하다 흘린 눈물 빗물 뿌려

물건 없는 시장

가게도 점원도 없는 길옆 빈터 새벽 시장
너덧 사람 둘러앉아 제 상품 혀에 얹고
이 눈치 저 눈치 살펴도
후한 품삯 줄 이 없네!

꼭 챙겨 가야 하는 신사임당 판화 몇 장
먹을거리 생계비가 가슴 칠 속앓이인가
빈 지갑 허기진 몸부림에
가는 발길 휘청인다

허리 잘린 물망초

-6·25

느닷없는 포탄 화염
새벽 침묵 조각내고
무차별 후려친 상처
지금도 아물지 않네!
그 아픔
잊지 못하지, 허리가 잘렸는데,

남청색 꽃 피었다가
지고 난 산등성이
용감했던 곧은 뼈가
비바람을 겨워하다
물망초
허리 잘린 채 흙을 덮고 쉬고 있다

절두산*, 절두산

바람 물 어우러져 풍류 즐긴 잠두봉이
애먼 백성 목이 잘린 절두산, 절두산 되어
강물에 떨어진 머리, 혼백 살아 의롭다

저승의 슬픈 비명 그리도 처량하고
강바닥 몸부림을 하늘마저 잊지 못해
아쉬워 쉬 못 떠나고 강물 위를 맴돈다

의연한 죽음의 여운 아련히 멀어지고
강기슭 물들인 피, 미친 세상 칫값인가
그대가 두고 간 향기 물꽃 되어 피고 있다

* 절두산(잠두봉)은 서울 마포 한강 변에 있는 얕은 봉우리로, 천주교 박해
  때 신자들이 순교를 당한 장소.

세 바보

여기 명동 김 바보*는
다 살고
눈감았지

저기 서쪽 소 바보**는
다 못 살고
눈감았어

모두들
두 바보
추어주는데,
진짜 바보는 나인가?

* 김수환 추기경. 수명을 다하시고 86세로 선종. 나는 바보라고 하신 분.
** 소크라테스 성인. 수명을 다하지 못하고 사형당했다. 아는 것이 없다고
   한 철학자.

부활과 윤회

왠지 싫은 검은 대문 오란 손짓 볼썽없다
가야 하는 긴긴 행렬 번호표도 받지 않고
앞사람
서넛 제치는
약삭빠른 얌체 있네!

늘 만나는 동네 사람 와글와글 서성인다
가는 날, 다시 올 날 알지 못할 애탄 약속
누구랴!
부활과 윤회를
보는 이가 있는가?

호출만 기다리다 시름시름 몸은 닳고
교태 부려 꾀는 요술 희미한 허깨비 같아
지나간
그 모든 그림자
댓글 한 줄 아예 없다

범종과 당목

여무진 청동 입술 속엣말 감춰놓고
태어난 내력 숨긴 채 코 꿰어 매달린 몸
절그렁
슬피 우는 것이
너만이 할 일인가

당목의 매운 손끝 때때로 볼기를 쳐도
눈물은 말라 없고 상처만 포개진 자국
윙이 잉
목멘 울림이
그 아픔을 달랠까

허물어진 집

앞뜰 좁은 모퉁이에 집을 지은 여인 젊다
곧은 다리 무릎 꿇어 손님 맞을 정좌 하고
식솔은 어디 두었는가? 혼자 저리 기다리네*

지난밤 또 한 채가 그 옆에 들어섰다
이사 온 낯선 청년 군말일랑 접어둔 채
둘이서 만든 외길을 오면가면 끊어질 듯

계절 따라 도진 병을 어쩌지 못한 이가
공들인 둥근 지붕 귀찮다고 혀를 차며
뭉개어 허문** 그 손에 거미줄이 묻어 있다

* 2000년대를 전후하여 경제 사정이 좋지 않아 결혼하지 않는 독신자가 늘
  었다.
** 재개발이라는 핑계로 주택을 허물어 서민들이 삶의 터전을 잃은 경우가
  있었다.

보이스피싱

번쩍
튀는 전광이
머리를 휘감아 돈다
날아온 섬뜩한 음성,
숨을 끊는 맨 끝음절
고요한
아침 바다에
파도가 마구 인다

털린 지갑
가벼워 좋다,
이제는 노릴 자 없네!
카인과 아벨 생전에도
이랬던가 하늘을 본다
그렇다,
투명한 그 자리
달라진 건 무엇인가?

4부
씀바귀 몸값

이 땅에 핀 필리핀 민들레

－이자스민

대륙풍 휘휘 불어 바다 건너 여기 머물러
살 에는 겨울 만나 봄동인 듯 견뎌내며
된장국 냄새도 이젠
구수하다 하는 그녀

눈물마저 진하게 졸아 짜디짠 소금 됐나
바이러스 그까짓 것 지레 막는 센스 가져
온밤을 뒤척여야 할
그 반쪽은 멀리 갔네

남편이 남긴 체취 고이 챙겨 묻어두고
김치 맛 정성껏 담아 이웃에 나누는 손
메마른 가슴 한편을
그이가 채워준다

화장지

급하게 찾아간 곳 먼저 너와 눈 맞추고
뭉실하게 고운 피부 촉감 더욱 부드럽다
시원히 지레 볼가진 놈 흰옷 뜯어 흔적 지워

어진 모습 어여 벗고 골방 나와 햇빛 봐요
날렵한 연이 되어 꼬리 달고 높이 날지
아니야, 하늘까지 올라도 바람 자면 내려올걸

일하고 일당 없이 빈손으로 떠날 종이
물 친구 무등 태워 바다로 데려다주네!
엄마 품 조각난 몸을 약손으로 아물린다

지갑

정갈하게 맵시 갖춘 네모진 몸 단정하다
홀쭉한 네 배 보고 나는 이내 허기지네
웃기고 울리는 묘수, 그 속내를 알고 싶다

나들이 눈치채고 재빠르게 품에 안겨
안주머니 자리 잡고 주인 위세 콧대 높고
자기 일 알아차리고 계산대로 척 나선다

결국은 빈손인데 제 잘난 멋 끝 모르고
채워도 또 채워도 배탈 나는 지갑 없다
때로는 가는 길 잃고 독방살이 하는 수도

부츠

목이 긴 투박한 몸 말 한마디 아예 없고
어디거나 눈치 빨라 갈 곳 찾아 업고 간다
아뿔싸, 문지방 등이 높아 넘지 못해 잠시 이별

흙먼지 제멋대로 콧등 위에 앉아 논다
밟히다 멍든 관절 삐걱삐걱 닿는 소리
버리기 아쉬운 건지 본드 발라 다독인다

가는 길 돌무더기 살점이 찢어져도
해고 없는 밑창 일터 감투보다 값진 자리
헌 상처 꼭 동여매고 무거운 짐 다시 진다

하바롭스크공항

하바롭스크공항 식당 비바람에 몸이 삭고
그새 늙어 주름 깊고 윤기 없어 그늘 짙다
옛 영광 꼬리를 잡고 되돌리자 당겨본다

빵 두 개 샐러드 조금 아침 공양 입맛 돋워
한 여인 식탁 돌며 허기진 듯 기웃대네
목이 멘, 잠시 앉은 내가 구소련 더듬는다

손때 묻은 문고리에 지난 사람 셈해보며
오간 얼굴 갈필葛筆 그림 흰 벽만 덧칠한다
불러봐, 큰 목소리에 그때 사람 불러올지

아프리카 군자란 1

잘린 뿌리 아린 상처 깊은 사연 있었는가
골반 힘줄 툭툭 터져 학대 심한 흔적이네
긴긴밤 그 쓰라림을 달래며 지냈으리

헤매다 찾은 곳이 어쩌다 내 곁인데
죽음의 순간 앞에 군자란 입 다물고
한 생애 가쁜 숨 고르다 문득 보는 아프리카

세상 싫어 피신 온 너, 속 아픔도 잊어야지
타는 갈증 축여줄 비, 알 바 없다 멀리 가고
쓸쓸한 저녁의 뒤꼍 기다림을 익히는가

지난 일 접어두고 혼자 몰래 이 깨문다
부신 봄날 몸 추스르고 땅 꾀어 차린 살림
옆구리 이냥 비집고 얼굴 내민 새 촉인 걸

아프리카 군자란 2

피안彼岸인가 싶은 이곳 엄동은 왜 있는가?
살에 새긴 나이테만 한 바퀴 더해놓고
찬 바람 매운 서슬에도 주홍 꽃술 올린다

구도자 경을 외듯 젖 먹던 말 중얼대며
저 먼 곳 살붙이들 벌써 오래 가뭇없네!
가슴에 펼친 그림책 아프리카 평원이다

초록 가운 갈아입어 태생의 빛 더 빛나고
팔레트 손에 잡고 물감 골라 애써 단장
쏙 내민 방긋거리는 얼굴 봐줄 이 어디 없나

산속에 들어가 바깥을 본다

산속에 들어가서 산속을 휘둘러본다
노곤한 길손 맞을 오솔길은 아늑한데
은밀히 뉘를 반기는 포근한 가슴일까

태양 없는 곳이지만 마음 등불 더욱 밝아
순한 바람 부는 속내 바깥 사람 어이 알리
시샘의 으르렁댐과는 영 달라 평온하다

의젓한 존재의 터 지겹도록 유유하다
어미와 자식 같아 미움이란 아예 없고
다소곳 어깨 기대며 더운 입김 불어 넣는다

산 덮은 푸른 자락 호령했던 나무 대장
어느새 그 풍채가 힘 부쳐 숨 헐떡이고
그 위에 놀던 불새는 어디 가고 오지 않나?

지워진 이름

그는 늘 식당 갈 때 뒷자리 찾아 앉고
쇠고기 꽃등심을 국산으로 주문한다
내 지갑 엷은 사정을 모르는 척 식도락을……

조락의 가을 올 걸 미리 짐작하였던가!
한겨울 나목 가지 끝 홀로 남은 잎새인 듯
떨어져 찬 바람 타고 제 갈 길 가버린다

아침 한때 네 모습이 구름 사이 나타났다
숨어버린 하늘 뒤편 어디인지 물어볼까?
어쩌랴, 때 묻은 주소록 이름 하나 지워졌네!

검은 라디오

그 혀끝 속삭임이 밀물처럼 감싸온다
너와 내가 나눈 숨결 두 가슴이 이어지며
포근한 작은 손끝으로 미로 속을 안고 간다

한평생 혼자 앉아 기다림을 즐기는 듯
잠언인 양 전한 말씀 때로는 받아 적고
단 한 번 온ON만 누르면 다시 살아 밤을 쫓네!

검은 얼굴 네모진 몸 변할 줄 모르는가?
뒤척이는 긴긴밤을 달빛과 합주하며
내 갈 길 사뿐히 열고 뒤따라 또 온단다

반나마 남은 한 해

확 트인 가슴에는 뛰는 일만 담겨 있고
거무스레 탄 얼굴에 찬 바람 겉날린다
해맑은 눈빛에 끌려 오가는 이 모여들고

바지런 물려받아 감기 몸살 몰아내며
돈복 없어 허술해도 사는 맛 쏠쏠하다
쪽 곧게 뻗은 허리가 그새 저리 휘어 있네

가쁜 숨결 지치는가 시간 따라 빨라진다
조바심 움켜쥔 채 의사 앞에 앉은 최 씨
나직이 타이른 음성 "남은 반년 짧다 마라"

새벽 알람

알람 소리 나를 깨워 집어 든 메모장에
앞서 가다 날개 꺾여 날지 않는 새가 있다
성급한 그 뜻을 몰라 되새김을 해보네!

바람같이 빠른 시간 잡아둘 수 없다는데
늘리지도 못할 것을 억지로 당기다가
버티다 떨어지다가 갈 곳을 찾고 있다

내일의 밝은 해를 안 볼 듯 버려두고
지금을 담아 메고 한나절 길 서두른다
큰 쉼표 진하게 찍고 그냥 그리 살면 어때

남사당놀이 끝판

이승 끝 어디인지, 남사당패 갈 곳 없네
뜬쇠로 놀더니만 해 기울자 판을 접고
삐리만 막장에 남아 어미 찾는 외톨이로……

밤하늘 누비는 별들 거닐던 꽃밭인가
해운대 바닷바람 우리 곁에 늘 있는데
기어코 허물을 벗고 떠날 채비 하고 있다

뒤돌아 다시 찾는 세월 뒤에 숨은 얼굴
잊을라, 진한 복색服色 또 한 번 덧칠하고
닭 울자 요단강 건너 남은 반쪽 부탁한다

돌멩이

태어난 곳 몰래 떠나 자리 잡은 한강 변에
물에 반쯤 발목 묻고
지난 먼 길 돌아보네!

두고 온

바람 찾아와
지친 몸 반겨준다

초롱 눈 날 선 혀끝 구정물이 흘렀는가?
버려진 맷돌인 듯
어처구니 빠진 신세

새롭게

다시 살고 싶다,
봄이 그리 온다는데

씀바귀 몸값

지나새나 짓밟히며 작년 헌 옷 또 입었다
추슬러 고쳐 입고 본디 지조 잃지 않네!
여태껏
견뎌온 홀대
알아줄 이 있을 거다

물려받은 DNA 쓴맛 숨길 자리 어디인가
놓치면 안 될 요것 뿌리 깊이 간직한 날
길손들
빈 지갑 들고
탐내다가 지나간다

언 땅, 눈밭, 죄다 지나 한 바퀴 지구 돌아
여기 와 터알 일궈 누굴 찾아 속내 풀까
이제야
받아낸 몸값
이것마저 사기꾼이……

네거리 지킴이

건널목은 평생 일터

출퇴근은 아예 않고

오라고 푸른 옷,

서라며 붉은 옷 입네!

힘, 돈, 백,

모두 버리고

눈빛으로 할 일 다 해

물방울

엄동도 지치는지 더 머물 곳 찾지 못하고
떠나간 빈자리에 남도 춘풍 발 내민다
뒤처진
개울물마저
짐 싸 들고 나선다

얼음 끝에 몸 단정히 매달린 저 물방울
아침 햇살 눈길 받아 영롱하게 춤추다가
떨어져
뭉친 그곳에
능청맞은 힘센 바다

점달이 아저씨

귀염둥이 김해 김씨
아버지를 기억 못 해
거기에 점이 있어
외아들 점달이 사내
만난 짝
앵두 입술에 휘청이는 개미허리

잠잘 때 가운데 자리
늘 어머니 차지이다
높고 깊은 차단벽이
아가펜가, 투기인가,
얄궂은
쌓이는 그림자 자꾸만 더해진다

속 끓이다 상한 몸은
치료약이 술이라고……
한목숨 왔다 가는

꼬인 여정 그뿐인가?

건널목

달리는 열차에 술 힘으로 덤볐다네!

5부
더러는 앉은뱅이꽃이

두 발

곱살한 어린 두 발 일에 지쳐 헐고, 헐고
이젠 가끔 게으름 피워 앞서 가기 꺼려한다
무거운 등짐 나르다 잠시 쉰들 누가 뭐래

지난 낫살 다 잊은 듯
남은 시간 셈 못한다
늦가을 짙은 황혼
고삐 당겨 재촉하고
오늘은
갈 곳 어딘가
멈춰 서기 아직 일러

예수 선생 날 반길 때 제법 한번 으쓱했지
오는 내일 일감 많아 어찌할까 미뤄보네!
험한 길 그 높은 고비
끝이란 없는 걸까?

머리 빗는 망초꽃

새벽이슬 손에 받아 얌전히 세수하고
요리조리 머리 손질 가지런히 빗어 넘겨
홀로 핀 외로운 망초꽃 곱살하게 분칠한다

마음 편해 옮긴 자리 반겨주는 벌과 나비
안개 걷힌 길섶에는 너의 숨결 깔려 있다
먼 기억 싣고 온 바람 모르는 척 지나가네!

하늘도 흰 융단 펼친 포근한 놀이터다
점점이 떠 있는 구름 솜 뿌려놓았는가?
저녁놀 꽃이랑 끌고 날아가는 쇠기러기

겨울 풍산리*

찬 바람 이랑이랑 출렁이는 풍산리 골
햇살 벌써 마중 나와 질펀하게 앉아 있다
개구리 선잠을 깨운 그 봄의 여울 터에

개울물 얼음 속을 흐르다 길을 잃어
때 전 검은 강물, 새 물 오면 살을 섞고
물에도 뼈가 있음을 귓불 붉게 일러준다

된서리 이겨낸 뒤 눈비 맞은 키 큰 외솔
담담히 하늘을 보며 깊이를 재는 건지
기나긴 묵상을 헐고 눈 없는 눈을 뜨시네

* 강원도 화천군에 있는 마을.

가고 또 가고

하동 송림 허리춤을 섬진강이 휘휘 감고
긴 목 뺀 소나무는 바람 따라 흥얼대며
알몸들 물장구쳤던 철부지를 기억한다

강물 그리 흘러가고 둑길만 누워 있다
여름엔 벌거숭이 안아주던 가슴인데
잃은 날 찾아보려고 강바닥을 훑어간다

지리산 옆구리에 고즈넉한 작은 동네
쌍계사 목탁 소리 화엄경을 풀어내고
먼 밤길 더듬거리며 나를 찾아 내가 간다

피사는 사탑만 본다

바다는 먼발치에 푸른 이랑 일궈놓고
느긋이 숨 고르며 하늘 비밀 알려 한다
하는 말 알 수 없지만 목소리 우렁차다

점점이 떠 있는 배, 네 가슴 꽃무늬 듯
흰 깃발 바람 따라 너풀대며 춤을 춘다
피사는 기운 종탑만 보다 사팔눈이 되었네

구름 조각 햇빛 가려 검은 자국 그려놨다
허공에 난 새의 길목 아득히 멀어만 가고
인드라*, 등줄기 타고 소나기 한참 뿌려

* 인도의 베다 신화에 나오는 비와 천둥의 신.

언약의 금고리

－아사달과 아사녀

신라 천 년 그 영화를 먼 하늘에 새겨놓고
이·저승 오고 가는 연줄 잇는 염불 소리
선인이 남긴 발자국을 되짚어 챙겨본다

불국사 지붕 위에 세월 먼지 겹쌓인다
무거운 짐 어깨 눌러 풍경마저 힘겨운 듯
아사달 손끝으로 빚은 석가탑은 무얼 알까

포갬포갬 깎아 올린 백제의 섬돌에 앉아
밤마다 아사녀는 동녘 하늘 별을 따며
손에 낀 언약의 금고리 숨결 타고 이어진다

영지 끝 기슭에는 물풀들만 한가롭다
찾아 헤맨 네 그림자 어디인지 알 길 없어
그 여인, 텀벙 몸을 던져 연꽃 하나 띄워놓네

물의 길

먼 길 지친 나귀같이 쉬엄쉬엄 지는 날빛
보릿고개 감꽃 지는 기궁했던 지난날이
어느새 한 생애의 뒤꼍 어스름에 젖는다

늦가을 햇볕 속에 발 디디는 바람 소리
떠날 채비 명주잠자리 뒷등 그리 허전하고
더러는 상처를 싸맨 손등 또한 저려온다

하루가 머물다 간 잘 곰삭은 저물녘에
제 길 다시 찾은 물이 몸 푸는 회귀의 길
끝내는 꽃노을 타고 안거할 곳 살핀다

더러는 앉은뱅이꽃이

탁발승 애가 닳게 가풀막 길 걸어 오르고
두어 됫박 햇살 쪼는 참새들의 소꿉놀이
낮달이 낮은 걸음으로 산등성이 넘는다

노인의 어깨 위엔 어둠 한 짐 얹혀 있고
오랜 세월 톱니처럼 녹이 슨 저 발자국
이따금 범부채 냄새가 한결 짙은 그날에

먹감나무 그늘같이 깊디깊은 우수를 묻고
연못 속에 제 스스로 다비식을 치르듯이
꽃 진 뒤 남루를 걸친 연잎 종이 거기 있다

잠시 머문 그 자리가 대적광전 꽃방석임을
철 지난 오늘에야 비로소 눈치챘을까?
더러는 앉은뱅이꽃이 하얀 이도 드러낸다

하늘 산책하는 여인

섬진강 물속 저 달 목욕하며 같이 놀던
갸름한 홍조 얼굴 십팔 세 하동 처녀
중년의 말쑥한 사내, 첩으로 데려갔다

역경 견딘 굳은 자리 허리선만 굵어지고
장미꽃 싹 틔우듯 살다 남은 분신 하나
느긋한 포만감에 겨운, 평수 넓은 새댁이네

전쟁의 한 모퉁이 화마가 할퀸 자리
잔잔한 호수 마을 화약 연기 가득하고
죄 뜯긴 그녀 가슴에 깊게 박힌 비운의 탄알

훌쩍 접은 짧은 삶을 물빛으로 풀어놓고
육탈肉脫해 높은 곳을 훨훨 날아 솟구쳐서
그 푸른 팔월 하늘을 응시하는 눈이 있다

저이는 누구인가

반짝이는 은빛 시간 때로는 병이 돼요
몰래 핀 저승꽃은 밤새껏 검은 붓질
깊어진 세상 아픔을 살짝 덮어 감추네

불시착해 버둥대다 남겨놓은 빈 발자국
뒤돌아보는 순간 다시 맞을 아침 두고
어둠을 밟고 가는 길 새벽은 어디쯤에……

오각 간판 전면 위에 창문은 흐려지네!
길게 팬 팔자八字 계곡 신이 일군 조화인가
바래어 구겨진 몰골 알 듯한 묵은 저이

겨울 모과

담 너머 헛소리가 이명으로 울려온다
더럽혀진 옷가지를 다 벗은 알몸 돼도

숨겨둔
향기로운 손,
맞이할 이 누군가?

못생긴 모과 서넛 허리춤에 꿰어 있다
산까치 봄을 업고 성큼 오면 매듭 풀까

긴 겨울
떠나기 싫어
소매 끝에 매달린다

CCTV

우뚝 서 부릅뜬 눈 몸에 지닌 정기精氣인가
끼 부릴 줄 모르는 척 끼니마저 걸러가며
타고난
예리한 촉수
지나는 이 속 살핀다

한쪽 다리 아껴둔 채 외다리로 중심 잡고
태양의 밝은 직선 그 조도照度로 비춰 본다
가면 쓴
인면수심을
죄다 골라 징치懲治하는,

이제야 네 이름 국광 國光

거뭇한 여인의 발 산자락에 밑자리 깔고
비바람 담금질로 일구어낸 얼굴 하나
영그는 품속에 감춘 그 속내 찾고 싶다

그렇다, 막무가내 우겨대는 고향 사투리
절구통 심장에도 알 듯 말 듯 맑은 눈빛
불덩이 화통 속이지만 다독이는 약손 있다

내려앉은 가을 저녁 서리마저 짓궂은데
허리 못 편 하루의 짐 덜어낼까 수다 떨다
목말라 한입 깨물면 이제야 네 이름 알지

산딸기

수줍어 설레는 저 여인의 홍조 두 볼
후미진 이 자리에 다시 오마 기약 없는데

해 돋자
볼우물 지며
녹색 치마 차려입고,

바람도 바빴는지 힐끔 보다 지나친다
푸네기 반기는 듯 서먹하게 돌아서네

모두가
제 갈 길 가고
그림자만 곁에 있다,

가지

가지 심은 집 앞 화분

물, 해, 바람 놀고 있다

손자가 자랑하는

풋내난 걸 달아놓고

매일 와

고이 쓰다듬어

어른 물건 만든다

테무친*은 세상이 좁다 했다

다닥다닥 세월의 때 두껍게 쌓여 있다
그 속을 덮고 있는 검은 껍질 벗겨내어
태곳적 새내기 속살, 엿보려는 욕심쟁이

전생의 피 움켜쥐고 이승에 온 테무친
광활한 푸른 초원 그를 위한 놀이턴가?
환하게 펼쳐진 빈 땅 박차고 내달리며

네 주인은 네 몸 안에 턱 앉은 사자 같아
뭇사람 와글와글 도토리 키 재기인데
무쇠로 다져진 몸이 우뚝 솟아 포효했네!

세상이 마음보다 더 넓을 수 없다 하며
눈 안이든 눈 밖이든 단번에 안고 싶어
가슴 뜰 훨훨 누비게 스스로 채찍질했다

* 칭기즈칸.

몰티즈

지중해 물결 위에 가물가물 떠 있는 섬
바닷바람 먼 길 지쳐 잠시 머문 쉼터 몰타*
파도가 들려준 칸타타, 몰티즈는 즐거웠다

배에 실려 왕궁 왔다, 가진 황금 어디 쓸까
헤어짐을 알고 보면 상처 깊은 아픔이네!
낯선 곳 장맛비 소리에 어린 시절 더듬는다

태어남의 죗값인가 세상이 준 짐 무겁다
네 속에 갇힌 시간 정지한 듯 지루하나
스닙스,** 서툰 재롱에 시름마저 풀어진다

* 지중해 중앙에 있는 작은 섬나라. 몰티즈 원산지.
** 미국에서 최초로 개 혈통대장에 기록된 순종 몰티즈 암컷.

109

사랑의 기억으로 그려내는 시적 존재론

유성호 **문학평론가 · 한양대 국문과 교수**

1

근본적으로 서정시는 시간에 대한 경험과 회상의 형식으로 쓰이고 읽힌다. 그만큼 서정시와 시간은 불가피한 서로의 호혜적 원질原質이 된다. 유년의 시간이 원초적인 시의 시간이라는 파스O. Paz의 말을 굳이 떠올리지 않더라도, 원형적이고 훼손되지 않은 시간에 대한 기억이야말로 시를 쓰고 읽게 하는 근원적 힘이 아닌가. 김성락 시집 『루시아 편지』는 등단 5년 만의 첫 작품집으로서, 늦깎이로 시조시단에 나온 시인이 지나온 시간에 대한 기억을 인생론적 성찰로 옮긴 잔잔한

결실이다. 시인은 자신의 맑은 경험과 생각을 모아서 시간의 깊이 자체를 탐색하고, 나아가 우리들 생의 형식이 불가피하게 시간의 흐름 속에 놓여 있음을 노래하고 있다. 천천히 소멸해가는 풍경 속에서 삶의 비의秘義를 엿보고 그것을 차분하게 증언하고 있는 것이다.

특별히 김성락 시인에게 '시조時調'는 삶의 구체적 표현이요, 내밀한 심정 토로의 양식이요, 가감 없이 자신이 살아온 날들을 재구再構하고 성찰할 수 있는 상상적 기록이다. 이번 시집은 그가 아프게 통과해온 시간들에 대한 재현과 치유의 기록을 담으면서, 지나온 시간 속에서 소용돌이치는 기억의 풍경에 자신의 시적 열정을 남김없이 바치는 모습을 선연하게 보여준다. 또한 시인은 이번 시집을 통해 지나온 시간들을 추스르고 응시하는 생의 형식에 대해 깊은 질문을 하고 있는데, 이때 '생의 형식'이란 삶을 구성하고 펼쳐가는 원리로서 정신 차원의 것이기도 하고 태도 차원의 것이기도 하다. 이러한 생의 형식은 깊은 사랑의 기억으로 그려내는 시적 존재론으로 하나하나 그 모습을 구체화해간다.

2

김성락 시인의 가장 원초적인 음역音域은, 이 땅에서의 동행을 마치고 떠나간 아내에 대한 절절한 회억回憶으로부터 시작된다. 말하자면 이 시집에서 그는 "하늘에서 활짝 웃으며 이 시조집 출판을 기뻐할 그이"(「시인의 말」)에 대한 사랑의 시편을 정성스레 마련한 것이다. 시인은 기다림의 사랑, 에둘러 가는 사랑이야말로 소중한 사람을 대하는 유일하고도 최상의 사랑임을 노래한다. 그리고 모든 것이 소멸되었을 때 비로소 기다림이 시작된다는 듯이, 가장 아름다운 '당신'에게 어울리는 깨끗하고도 맑은 사랑을 바치려 한다. 이렇게 오랜 기다림으로 빚어진 사랑은, 이 세상 그 무엇보다도 큰 사랑이 되어간다.

발길 따라 나선 이가 자기 여정 셈 못한다
하느님 섬긴 환희歡喜 칠십칠 수 꼭 채웠네!
툭 터진 당신의 큰 가슴 나를 키운 태양이다

하늘 문 열렸는데 그대 샛별 더욱 빛나
기어코 되돌아갈 밝고 환한 안식의 길

뽀얀 발 사뿐 내딛고 차마 말을 아껴둔다

살며 쌓인 모진 앙금 버거운 짐이던가?
지나온 시간만큼 그 매듭은 촘촘한데
둘만의 연분을 엮어, 아! 우리는 연리지
　　　　　　　　　　　　－「루시아의 짧은 지구 여행」 전문

　　일흔일곱 해를 지상에 머물면서 "하느님 섬긴 환희歡喜"를
이루어간 '루시아'는, 시인 자신을 키운 커다란 '태양'과도 같
은 존재이다. 하지만 이제 지상을 떠나 그녀는 하늘 문을 열
고 빛나는 샛별로 몸을 바꾸었다. 그 길은 시인도 따라서 "기
어코 되돌아갈 밝고 환한 안식의 길"이겠지만, 시인은 말을
아끼면서 촘촘한 매듭을 엮어 자신과 '루시아'를 "연리지"로
비유하기에 이른다. '연리지連理枝'란 한 나무와 다른 나무의
가지가 서로 붙어 나뭇결이 하나로 이어진 것을 말한다. 그
렇게 한없는 기다림으로 이어진 관계이기 때문에 "첫눈 뜨
자 갓 난 새벽"(「오늘이라는 선물」)으로 찾아오는 '그대'는 시
인으로 하여금 "이제껏 이어온 날이 당신 그늘 밑"(「그대 하
늘에」)이었음을 섬세하게 자각하도록 만드는 것이 아닌가.
이때 루시아가 치러낸 "짧은 지구 여행"에 따뜻한 동행을 했

던 시인으로서는 그 짧았던 사랑의 기억 못지않게 아름다운
내생에서의 지속적 사랑을 꿈꾸게 되고, 그 열망이 바로 '연
리지'라는 표상을 낳게 한 것이다. 다음 시편은 바로 그 '루시
아'가 천상에서 보낸 속삭임이다.

하도 맑은 가을 하늘 그대 모습 보이리라
눈 비벼 크게 뜨고 한나절 내내 살펴봤네!
높은 곳
아른대는 당신
수줍은 낮달인 듯

저 하늘 반쪽 찢어 힘주어 눌러쓴 글
바람이 품에 안고 휘휘 둘러 날 찾다가
내 모습
굽어보고는
슬쩍 놓고 갈 길 뜬다

편지에 담긴 묵언黙言 숨이 돌아 출렁이고
생전 참고 묻어둔 말 이제야 고개 들어
어느 날

같이 웃자고
나직나직 속삭인다
—「루시아가 보낸 편지」 전문

    이 간절하고도 아름다운 '편지'에는 "하도 맑은 가을 하늘 그대 모습"이 고스란히 내비치고 있다. 가령 '그대'의 모습은 눈 크게 뜬 채 한나절 내내 살필 때 겨우 시선에 들어오는 "수줍은 낮달"이다. 또한 그대가 보낸 '편지'는 "저 하늘 반쪽 찢어 힘주어 눌러쓴 글"인 터라, 시인으로서는 그 안에 담긴 "묵언默言"을 통해 오랫동안 "참고 묻어둔 말"을 듣게 된다. 그 나직한 속삭임은 어쩌면 "다 비워 간추린 몸을 닦고 닦아 거울"(「흑장미 묵주—선종한 장 수녀」) 같은 모습으로 다가오지는 않을까? 그리고 그 형상은 한 걸음 더 나아가 "육탈肉脫해 높은 곳을 훨훨 날아 솟구쳐"(「하늘 산책하는 여인」) 만들어내는 자유의 표상으로 차츰 번져가지는 않을까?

    원래 '그리움'이란 대상을 향한 간절한 욕망이 시간의 풍화에 탈색되어 남는 어떤 정서적 지향을 뜻한다. 그래서 그리움은 부재를 극복하는 것이 아니라, 결핍의 상황을 실존적으로 승인하고 거기서 발생하는 깨끗한 슬픔을 받아들이려는 정서이다. 이러한 그리움을 저류底流에 숨긴 아름다운 사부곡思婦曲을 통해, 김성락 시인은 오랜 시간 함께 살아온 '당신'에 대해 선연하고도 애틋한 기억의 현상학을 남김없이 보여준다. 아니, 지난날에 대한 그리움의 차원을 지나 실존적 고독과 가없는 사랑의 시학으로 무게중심을 옮겨가고 있다. 기억의 깊고 눈부신 한순간이 그렇게 현상하고 있는 것이다.

3

우리가 잘 알듯이, 대체로 기억이란 과거에 대한 사실적 재현이 아니라 시인의 현재형에 의해 선택되고 배열되는 것이다. 그 점에서 서정시에서의 기억이란 현재 시인이 갈망하는 생의 형식을 고스란히 담아내게 마련이다. 김성락 시인이 재현하는 기억 또한 지금의 자신이 살아가면서 가장 아름답게 회상하는 원형에 대한 그리움에서 발원하는 것이다. 그 점에서 그의 시편은 자신의 존재론적 기원과 궁극에 대해 사유하고 표현함으로써, 나르시시즘을 넘어 일종의 형이상학적 순간을 탐구하는 품을 깊고 넓게 보여준다. 순연한 기억속에 있던 그 순간들은 수직으로 초점을 옮겨가면서 시인 자신의 존재론적 기원을 적극 호출해간다. 이때 시인이 행하는 회상의 가장 깊은 곳에 원초적이고 궁극적인 지성소至聖所로서의 가족이 놓인다. 아닌 게 아니라 시인은 자신의 존재론적 기원으로서의 부모님을 기억하면서 그분들의 마지막 잔영殘影을 아스라하게 잡아내려 한다. 그것은 궁극적이고 심원한 존재론적 비의에 가 닿으려는 노력에 의한 것이 아닐 수 없다.

가을바람 스산하게
아버님 방 문턱 넘고
느슨한 소맷자락
파고들어 휘젓는다
세파에
쇠하신 몸이
오싹함을 견디실까?

앞섶으로 감싸 안고
더운 체온 건네주신
그 품 찾아 내친걸음
잠 깨실까 멈춰 서고
먼 하늘

푸른 광목 위
실눈 웃음 담아 온다
―「아버님 산소」 전문

선친 묘소 앞에서 가을바람의 스산함과 오싹함을 걱정하
는 이 따뜻한 마음의 아들은, "세파에 / 쇠하신 몸"이 더운 체
온을 건네주시던 기억을 정성스레 찾아낸다. 그리고 그 품을
찾아 나선 걸음을 뒤로하고 "먼 하늘 / 푸른 광목 위"에 웃음
을 담아낸다. 아마 아버지는 스스로는 추운 시대를 살아오셨
으면서도 어린 시인에게만큼은 더운 온기를 나누어주시던
분이었을 것이다. 그러한 기억이 시인으로 하여금 "누구도
가지 않는 곳에 갈 길마저 얼어"(「혹독하게 추운 그날」) 있을
지라도 그것을 이겨갈 수 있게끔 하는 능력과 예지를 부여하
고 있는 것이다. 이때 '아버님 산소'는 죽음의 현장이 아니라,
생의 에너지와 거기서 파생하는 웃음을 허락해주는 신생의
장소가 된다. 그다음은 어머니에 대한 기억이다.

서산 넘는 팔순의 해 앞마당에 어스름 펴면
어머닌 대문에 기대 역 쪽 길 눈에 담는다
늘 내가 땅거미 안고 오가는 그곳이다

기다림 계산 못해 짧다 길다 애태우며
때로는 떠오른 달 속삭이는 친구 되어
행여나 기척 놓칠까 한눈도 팔지 않고

또 오는 귀찮은 명절 하필이면 내일인가
별빛 살짝 흘러내린 추석 전날 초저녁쯤
빈손 든 초라한 모습 어둠이 감싸준다
—「어머니의 추석」 전문

　시인은 어머니가 추석에 보여주셨던 잔상殘像을 기억의
셔터에 담는다. 어머니는 "서산 넘는 팔순의 해"를 맞은 어스
름 때 대문에 기대어 "역 쪽 길"을 바라보고 계신다. 그쪽은
시인이 "땅거미 안고 오가는" 곳이다. 그렇게 기나긴 기다림
을 어머니는 "행여나 기척 놓칠까 한눈도 팔지 않고" 지속하
셨다. 시인은 언제나 "빈손 든 초라한 모습"이었던 자신을 회
상하면서 어머니의 오랜 기다림을 이제는 그리움으로 바라
보고 있다. "눈물은 말라 없고 상처만 포개진 자국"(「범종과
당목」)일지라도 그렇게 어머니는 아득한 시간 속에 계시기
때문이다.
　누구에게나 피붙이의 죽음과 삶이란 가장 깊은 기억의 수

원水源이자, 지나온 시간을 직접 거슬러 오를 수 있게 하는 일차적인 실재일 것이다. 이때 시간을 거슬러 오르는 기억은 지난 시간을 원초적 경험의 형식으로 복원하고 동시에 그것을 현재와 연루시키는 적극적 행위가 된다. 김성락 시인은 바로 그러한 기억의 원리를 통해 자신의 가파른 존재론적 기원을 찾아 노래하고, 또 그 기원을 자신의 삶의 뿌리로 삼고 있다. 가없이 애잔한 기억들이 그 뿌리에 자양을 부여하면서 시인으로 하여금 자신의 삶을 구성해가게끔 하는 것이다.

4

대개 서정시는 자기표현이라는 구심적 발화를 통해 시인의 자의식을 첨예하게 드러내게 마련이다. 이때 자의식은 구체적 경험에 대한 기억으로 구성되고, 그 경험과 기억을 표현하는 원리가 생을 순간적으로 파악해내는 감각에 있게 된다. 김성락 시편에는 이러한 감각들이 다양한 문양으로 펼쳐져 있는데, 그 감각을 구성하는 가장 일차적인 소재가 자신이 살아온 구체적 삶이라고 할 수 있다. 시인은 넘어지고 깨어지면서도 자신의 길을 찾아가는 모습을 보여주는데, 나아가 그는 심미적 기억들을 다양하게 호명하면서 궁극적이고 근원적인 생의 이법을 유추해간다. 이러한 그의 개성적 보폭은 그의 시 세계가 현실과 꿈의 접점에서 발원하여 더욱 깊고 넓은 세계로 나아가고 있음을 알려주는 유력한 표지標識가 되고 있다.

하지만 삶에 대한 이러한 애정과 집념이 때로는 타자의 목소리로 이월해간다는 점에 김성락 시편의 한 장처長處가 있다. 여기서 말하는 '타자의 목소리'란, 주체와는 다른 이질적인 것 혹은 주체와는 거리를 두는 반성적 실체로서, 배타적 총체성이나 견고한 동일성을 무너뜨리는 요소나 성향 등을 포괄하는 개념이다. 우리는 김성락 시편이 들려주는 타자의 목소리가 일인칭의 자기토로라는 서정시의 배타적 규정을 훌쩍 뛰어넘어, 타자의 삶을 파악하고 탐구하는 과정을 추구한다는 사실에 새삼 상도想到하게 되는 것이다.

겨울 밤길 높바람에 귓불은 꽁꽁 얼고
내리는 눈 어깨에 쌓여 등짐인 듯 무거운데
왜 그리 멀기만 한가, 가야 할 내 쉴 곳이

산자락 외딴 농가 앞뜰에 장독 몇 개

화전 일궈 살림 차릴 새봄은 또 오리라
창문에 비치는 불빛 세상 어둠 밝힐 건가

저녁 밥상 식기마다 고봉밥이 담겨 있고
둘러앉은 식구들은 종자 씨 챙길 얘기
온 집 안 가득한 훈기 잔설마저 녹여낸다
―「화전민의 저녁」 전문

　시인의 시선은 '화전민의 저녁'을 향한다. '화전민'이라는
존재 방식 자체가 소멸해가는 것들의 은유가 되기에 족하고,
'저녁' 또한 뭇 사물들이 소멸하면서 제자리로 돌아가는 어
둑한 시간이 아닌가. 시의 화자는, "겨울 밤길 높바람"이나
"내리는 눈" 등으로 하여금 가파른 삶을 암시하게끔 하는 가
운데, "가야 할 내 쉴 곳"을 찾는다. 비록 "산자락 외딴 농가
앞뜰에 장독 몇 개"뿐이지만, 그래도 "화전 일궈 살림 차릴
새봄은 또 오리라"는 희망을 품은 채 그는 세상 어둠 밝힐 빛
을 깊이 희원한다. 그러한 기다림 속에서 익어갈 "온 집 안
가득한 훈기"야말로 그가 희구해 마지않는 인간적 진실이
아닐 수 없을 것이다. 잔설마저 녹여낼 그 더운 훈기는 "헌
상처 꼭 동여매고 무거운 짐 다시"(「부츠」) 져야 하는 삶이 지

속될지라도, 시인에게 "이제는 / 발품도 더디게 / 쉬어 가라 일러"(「양양 가는 안개 낀 길」)주는 역할을 하고 있는 것이다.

> 오랜 세월 곤혹 견딘 속 깊은 큰 소나무
> 비암산 높은 봉을 고집스레 홀로 지켜
> 찬 바람 온몸 저며도 왜 그리 말이 없나
>
> 해란강 깊은 속을 누가 알까 슬쩍 눈길
> 서러운 눈물 모여 강이 된 아픔 싣고
> 만주벌 배로 누비며 끓는 속을 다독인다
>
> 발길 멈춘 용정에서 선구자 귀엣말을
> 아는 것이 병이 될까 먼 남녘 보는 정자亭子
> 가야 할 조상 땅 새겨 후손에게 전한다
> ─「그날 그 일송정」전문

지금은 중국 땅인 만주벌 용정에 가서 시인은 '일송정'과 '해란강'이라는 역사적 장소를 목도한다. 〈선구자〉라는 유명한 가곡 속에 깃들여 있는 이 장소들은, 지금은 비록 말이 없을지라도 역사의 굵은 함성을 그 안에 머금고 있다. 오랜 세월 견딘 "속 깊은 큰 소나무"가 그렇게 비암산을 홀로 지키면서 말없이 서 있기 때문이다. "해란강"은 "서러운 눈물 모여" 흐르면서 얼핏 "물에도 뼈가 있음을"(「겨울 풍산리」) 알려준다. 이처럼 시인은 언젠가는 "가야 할 조상 땅"에서 "세상이 마음보다 더 넓을 수 없다"(「테무친은 세상이 좁다 했다」)는 것을 사유하면서 "제 길 다시 찾은 물이 몸 푸는 회귀의 길"(「물의 길」)로 그 장소들을 각인한다. 말할 것도 없이, 시간에 대한 감각은 서정시의 오래된 존재 근거였고, 서정시는 기억을 통한 시간 해석에 의해 구축되어왔다. 어떤 순간을 포착하여 그것을 존재의 오래된 기억으로 환치하는 시작법이 여기서 비롯된다. 외따로 떨어져 있던 사물과 사물 사이에 연쇄적인 연관성의 파동이 나타나는 것도 이러한 기억의 매개 때문일 것이다. 이러한 과정을 시인은 '일송정'을 통해 역사적, 집단적 기억의 한편에 비끄러매 보여준 것이다.

이처럼 김성락 시인은 사물이나 풍경을 인생론적 경험이나 지혜로 치환하는 상상력을 줄곧 보여준다. 그는 시조를 통해 외재적인 현실에 관심을 두는 것이 아니라, 오랜 시간 속에 깃들여 있는 원초적 기억들을 향한다. 이로써 그는 시간의 깊이에 대해 사유하면서, 시간의 다양한 형식에 대해 노래하고 표현한다. 그래서 그를 일러 시간 해석을 통한 인

생론적 사유의 시인이라 불러도 무방할 것이다. 그리고 우리
는 그의 시편들을 통해 다시 한번 서정시 한 편이 인간에게
부여하는 긍정적 의미를 생각해본다. 그의 시편들은 인생론
적 가치의 중요성을 전해주면서, 삶이 앞으로만 나아가는 것
이 아니라 끊임없이 사랑하고 그리움을 가지면서 머뭇대기
도 하는 것이라는 점을 알려준다. 이러한 '사랑'과 '그리움'
은, 김성락 첫 시집이 우리에게 전해주는 가장 커다란 메시
지인 셈이다.

5

　지금까지 우리가 읽어온 김성락 첫 시집은, 시조가 숙명적
으로 견지하는 일정한 율격적 구속에도 불구하고 매우 활달
하고 섬세한 서정을 펼치고 있는 주목할 만한 작품들을 싣고
있다. 먼저 그의 작품에서 우리가 눈여겨보아야 할 것은, 사
물 속에서 정서의 섬세한 결을 유추해내는 방법론과 그것을
사랑과 기억의 형식으로 착근시키는 심미적 감각이다. 그만
큼 그의 시편들에서 서정의 원리는 매우 구체적인 사물에서
출발하여 사랑으로 상징되는 인간 정서로 확대되어간다. 그

사랑의 에너지가 사물의 이면에서 들리는 소리에 민감한 시인의 감각을 낳고 있는 것이다. 그렇게 김성락 시학이 선연하고도 절절한 기억 속에서 발원하는 것은, 그가 매우 응집력 있게 자신의 고유한 시적 존재론을 구성해왔다는 것을 명징하게 알려준다.

원래 기억이란 자신의 경험에 대한 희미한 잔상에 의해 형성되고 보존되는 것이다. 따라서 사람들은 자신만의 강렬한 기억을 통해 잊을 수 없는 일들을 깊이 품게 되고, 자신의 육체 속에 저마다의 의식의 심층을 형성하면서 끊임없이 삶의 준거로 삼게 되는 것이다. 김성락 시인 역시 구체적 기억을 통해 의식의 심층을 형성하고 그 기억에 의존하여 삶의 희망에 가 닿는 건강한 시선을 견지한다. 그 점에서 그는 상상과 실재, 솟구침과 가라앉음, 재현과 치유의 교호 속에서 자신만의 생의 형식으로서의 '시조'를 써왔다. 그리고 그는 앞으로도 자신의 존재론적 기원과 삶의 슬픔, 그럼에도 지속되어야 할 삶의 실존적 의지에 대해 노래해갈 것이다. 지상의 존재자를 향한 지극한 사랑의 마음을 토로하면서 삶에 대한 가없는 실존적 의지를 담은 고백을 통해 자신의 기원과 사랑의 탐색을 지속해갈 것이다. 그 점에서 이번 시집은 그 스스로에게는 중요한 시적 성찰의 계기가 될 것이고, 우리에게는